향기로운 일상의 초대

저자 삶의 향기 11인

그림 캔디쌤

기획 응답하라 인생벗·청어

도서출판 **청어**

향기로운 일상의 초대

지음 : 삶의 향기
그림 : 캔디쌤
기획 : 응답하라 인생벗·청어

추세연 박은숙 김편선
김수미 리치영 정혜명 강지민
김윤아 김미경 조혜련 이지민

추천사

글쓰는 시간을 더욱 사랑하게 되고, 가정과 지금의 나의 모습을 소중히 다루던 작가님들의 설레이는 마음이 전해지는 고운 시집입니다. 우리들의 한 켠에도 이런 설레임의 순간들이 있다 보니 공감도 되구요.

〈내바시커뮤니티리더 해피그릿〉

삶을 노래하는 시를 써냈습니다. 그녀들의 시 속에는 사람이 있고, 관계가 있고, 사랑이 있고 생명이 있습니다. 살아온 날만큼이나 아름답게 빛나게 될 시인님들의 미래가 더 기대됩니다.

〈비지니스북클럽 진심기행대표 김정희〉

'엄마'라는 글에서 뚝뚝 묻어나는 따뜻함에 저도 엄마의 사랑을 느끼게 되어 저절로 웃음이 지어집니다. 인생의 반짝이는 순간을 담은 책 출간을 진심으로 축하드립니다!

〈큐리어스대표 열정진〉

어떤 시는 그저 글자로 쓰인 것이겠지만, 누군가에게는 인생에서 가장 소중한 순간을 담아내기도 합니다. 나의 모든 것이 시의 일부일 것입니다. 이런 과정을 얼마나 즐겁게 시로 표현하셨을지 상상해 보면 미소가 지어집니다. 따뜻한 차 한 잔을 준비하고 편안하게 읽을 수 있는 그런 시집을 소개합니다.

〈꿈만사커뮤니티리더 최윤미〉

아내, 엄마, 할머니가 해오던 일

이루미

아내, 엄마, 할머니가 해오던
참 오래된 집안 일

사람을 세상에 내어놓은
그녀들의 사랑이 깃든 일상들

2023년 여름, 그 흔적을 남겨본다
사랑과 감사함을 담아 조심스럽게

(이 흔적이 나오기까지의 삶의 향기팀, 응답하라 공저팀, 청어출판사 가족
들과 모든 도움의 손길에도 감사를 전하고 싶다.)

차례

추천사 / 4
프롤로그 / 6

1부
관객 없는 일상이라는 무대

밥 / 10
설거지 / 22
빨래 / 34
청소 / 44

2부
그럼에도 빛나는 주인공

나 / 54
엄마 / 65
딸 / 77
아내 / 88
사회인 / 97

3부
다시 성장의 막이 열리다

건강 / 108
지성 / 119
인성 / 127

에필로그 / 134

1부

관객 없는 일상이라는 무대

여보, 밥 먹었어?

김편선

두 눈 가득 봄햇살
말에도 향기가 묻어나던 그때
여보, 밥 먹었어? 하며
사랑밥을 차려냈다

가늘게 부릅뜬 눈
말에도 가시가 돋아나던 그때도
여보, 밥 먹었어? 하며
종종 얼음밥을 차려냈다

콧줄로 밥을 먹는 울 여보
더운밥이든 찬밥이든
차려내고 싶다
여보, 밥 먹었어?
여보, 밥 먹자

머슴 밥

박은숙

내 도시락밥은 항상 눌려 있었다

계란이 밥을 파고들어 있었다

그 옆의 깍두기 국물은

호일 사이로 빠져나와 밥을 물들였다

동그란 소시지마저 새콤한 맛이었다

짝꿍 도시락은 밥보단 고기반찬과 과일로 채워져 있었다

매점에서 허기를 달랬던 그날

"엄마! 나도 밥 헐렁하게 싸 달라구"

양푼 비빔밥에 수저를 꽂으시며 하신 말씀이 그립다

"공부는 밥심이여"

내 친구, 밥

김수미

뜬 눈으로 밤을 새우고 출근 준비로 바쁜 나에게 친구는 말을 건다
"밥 한 숟가락이라도 먹고 가"

일에 지친 나에게 친구는 새로운 사람도 만나라고 한다
"밥 한번 같이 먹어요"

기분 좋을 때 친구는 나보다 더 신이 나서 말한다
"오늘 내가 밥 살게"

그러던 어느 날, 내 친구와 절교한 적도 있었다
임신했을 땐 왜 그리 밥 냄새가 맡기 싫었던 걸까
갓 지은 밥의 그 따스함조차도

하지만 엄마가 그리울 때면 내가 먼저 친구를 부른다
오늘은 유난히 엄마가 해주신 뜨신 밥이 먹고 싶다

눈물 섞인 국밥

김윤아

삐~익

전자레인지가 멈췄다

오늘도 딸아이는

혼자 차린 밥상 보면서

고인 눈물 쓰~윽 하고

밥 한 술 떠 꼭꼭 씹어 먹는다

참말로 미안하구나

조금만 기다려줘

이 또한 지나갈 거야

그리고 그때

너의 눈물은 사라질 거야

마법같은 밥

이지민

힘들거나 슬프다가도
밥을 먹으면 기분이 좋아진다

처음 만나 서먹한 사이라도
밥을 먹으며 친해진다

엄마가 차려주시는 밥
하루 종일 힘들고 지쳐도
그 마음 눈처럼 사르르 녹아
마음이 따뜻해진다

밥을 먹는다는 것은

정혜명

한 톨 한 톨 따듯한 밥

시아버님 드시고 건강하셨다

한 톨 한 톨 따듯한 밥

남편님 드시고 힘냈다

한 톨 한 톨 따듯한 밥

아드님 따님

젊은 시절 무엇이든 해보는 자신감 갖는다

어른이든 아이든 실패해도 괜찮다고

빠르게 실패하고 실패해서

쌀 한 톨이 나의 입안으로 돌아오는

세상의 수고로움을 밥 먹으며 알 수 있다

숙명

강지민

오늘도 정성스레 밥을 짓는다
내가 하든 당신이 하든
매일같이 밥하랴 일하랴
지위 고하를 막론하고 먹고사는 건 매한가지

오늘도 나는 남편에게 묻는다
밥은 먹고 일하는 거냐고
밥은 먹고 오는 거냐고

먹고살기 위해 일해야 하는 게
우리들의 숙명

밥하는 시간

김미경

부지런히 일하다 보니

어느새 밥해야 하는 시간

가족들 한 끼 밥을 위해

냉장고도 분주해지는 시간

양파와 김치를 잘게 다지고 참치 통조림 넣어

아이들이 좋아하는 김치볶음밥 만드는 시간

속닥속닥 소곤소곤

하루를 풀어내며 함께 할 식사 시간

생각하며 빙그레

더 바빠지는 내 손길

우리 가족 행복을 엮는 시간

알록달록 고운 김밥

조혜련

고슬고슬 뽀얀 밥에
소금 참기름 깨 솔솔 뿌리고

무지갯빛 고운 재료들을
바다 내음 고소 김에 돌돌 말아

숭덩숭덩 한 입 크기로
예쁜 접시에 담아내니

"엄마 김밥 최고 맛있어!"
아이들의 한마디에
그 귀찮은 걸 또 해낸다

토스트

리치영

먹고 또 먹고 돌아서면 홀쭉해지는 옆구리

첫 끼니는 무조건 든든히

하양 노랑 예술적 달걀 위에 끈적한 고소함의 치즈 이불

멋지게 그을린 갈색 토스트 두 짝 철컥 닫아 붙이고

긴 터널 속으로 잘도 욱여넣으면

어느새 몸과 일체가 되고

분주한 새 아침 마음의 밥이 된다

크리스마스이브 파티

추세연

산타 할아버지 오시는 크리스마스이브

캐럴송에 춤을 추는 공주들 웃음소리 거실 바닥에 뒹굴고

단골집 토마토아저씨 스파게티를 좋아하는 우리 공주들 위해

눈처럼 살살 녹는 스파게티에 첫 도전한 저녁

토마토 말캉하게 삶아 껍질 벗겨

스파게티 소스 맛깔나게 끓여놓고

스파게티 면을 삶아 스윽스윽

어머나! 어떡하나!

소스는 적고 퍼져버린 스파게티

나의 이마 땀 자국 본 가족들 아무 말 없이 한 접시 꿀꺽!

"휴……. 맛있게 먹기 참 힘들다."

남편 말에 우리 가족 참았던 웃음

뿌아앙! 방귀처럼 터져 나온다

우리들의 블루스

김수미

노릇노릇 부쳐내기 무섭게 사라지는 김치부침개

파 송송 계란 탁 재빠르게 끓여내는 라면 20인분

모이기만 하면 까르르 눈만 마주쳐도 웃어대던 교회 청년들

가위바위보 하나 빼기

우리 둘만 설거지 당첨

달그락달그락 미끌미끌

앗 내 반지……

하얀 거품과 물살에 떠밀려 또로로록

며칠 후 자신의 잘못이라며

예쁜 새 반지를 끼워주던 이 오빠

큰 그림이었을까?

설거지로 시작된 우리들의 블루스는 지금도 연주 중이다

엄마와 그릇

리치영

엄마의 선택으로 내 손에 와서

신성한 시간의 흐름 속에

이 빠진 그릇, 긁힌 유리잔

빛바랜 수저, 그을린 냄비

그만큼 엄마 생각에

싱크대 수돗물은 줄줄

내 눈가는 촉촉

설거지 달그락 소리에 흐느낌이 숨는다

설거지로 세례받다

정혜명

달그락 달그락

우리 가족 살찌우는 음식 담아내던 몸 닦는 소리다

오래오래 씻을수록

남편의 수고로움과

아이들이 자라나는 세월 안고 있다

그릇 하나하나에 고마움 담고

젓가락 숟가락에 감사함 담는다

미움과 오해는 거품으로 씻어내고

나의 잘못은 물로 세례받는다

거품 목욕

조혜련

설거지통 속 옹기종기 때 묻은 아이들

나의 손길 마냥 기다린

우리 가족 다음 끼니 책임질 너희들

샤워시켜줄게

퐁퐁물로 거품 놀이도 해주고

따뜻한 물로 뽀드득 씻어줄게

건조대에서 편히 쉬고 있으렴

다음 끼니도 예쁘게 담아줘

고마워 너희 몸을 온전히 내어줘서

다음 목욕시간엔 다른 손길로 다가갈게

달달한 일요일

김편선

주말 내내 쉼의 시간은 달콤했으나
일요일 저녁, 개수대엔
내 게으름 쌓여있다.

곁눈으로 째려본다
아무리 째려봐도 그대로다

누가 대신할 수 있으랴
결국은 내가 걷어내야 할 게으름인 것을

좌르르 좌르르……

내 게으름은
배수관 어둠 속으로 스물스물 기어들어가고
그제야 내 일요일은
진정한 쉼으로 달달하다

애장품 1호

강지민

하루 이틀 쌓여만 가는 그릇들

터지는 한숨

널브러진 접시들아 조금만 기다려줘

깨끗이 목욕시켜줄게

강력 코스 한 번이면 반짝반짝 매끈매끈

윤기 나는 그릇들을 볼 때면

내 마음도 깔끔

고마운 나의 식기세척기

이제야 안도의 한숨을 내쉰다

네가 나보다 낫구나

네가 아니면 나 정말 어쩔 뻔했니

후회 가득한 설거지

김미경

미뤄둔 설거지 개수대 가득
미뤄둔 설거지만큼 후회도 가득
내 마음을 괴롭힌다

오늘 잡아야 했던 기회를 놓쳐버려
미련이 가득 남은 것처럼

시간이 흘러가면 잊혀질까 했지만
그릇도 후회도 미련도
개수대 물자국마냥 자리 잡았다

얼른 물을 틀어
설거지를 끝내야겠다
후회도 미련도 함께 흘려보내야겠다
자꾸만 미루는 내 마음도 함께

산더미

김윤아

저녁 식사 끝나면
끝없는 설거지 펼쳐진다
아침 출근 늦어 정리 못 한 냄비와 접시들까지

주방 세제 듬뿍 짜서 하나하나씩 닦을 때면
내 마음도 함께 닦여 간다
금이 간 컵, 살짝 깨진 접시
꼭 흠이 많은 나의 삶처럼

어쩌면 이런 일상이
내게 꼭 필요한 시간일지도 모른다

오늘은 나의 삶을 더 상쾌하게 닦아주었다

일손

추세연

'밥 먹자마자 할걸'
미뤄둔 시간만큼 귀찮음 자라나
점점 느려지는 나의 일손

"나와 봐라 내가 할게."
살아온 세월만큼 사랑 자라나
점점 빨라진 남편의 일손

여보! 매일매일 해주면 안 될까

쌓여 있는 그릇

이지민

마음이 혼란스러워 그릇이 쌓인 걸까
설거지를 못 하여 마음이 혼란스러운 걸까

설거지가 내 마음을 고스란히 보여준다
생각하니 부끄럽다

놔두면 숙제 바로 하면 기분 좋은 설거지
말끔한 접시 보며 근심 걱정 흘려보낸다

그리운 엄마의 설거지 소리

박은숙

엄마가 돼지고기를 끊어오시는 날
덤으로 온 비계로 넘치는 김치찌게
대식구 모인 밥상엔
그릇들이 넘실거린다

밥상의 끄트머리에 버티고 있는
아버지 숭늉 그릇은 아슬아슬하다

당연한 듯 우리는 내던지듯
아랫목 꽃무늬 공단 이불속에 발을 모으고
흑백티비에 빠져들 때
부엌에선 엄마의 설거지 소리가 난다

얇디얇은 누룽지 과자를 만들어 낸 솥단지도
함께 소음을 보탠다

빨랫줄 향연

리치영

휘영청 매달린 흰 소매, 파란 소매
나풀나풀 요란하게 춤추는 무희들
외 줄에 걸려 바람의 입김 따라
주제 없이 휘날리는 옷가지들 정신없어

알싸한 바람 맞고 까칠한 햇살 받아
가족들의 매무새에 대한 책임을 갖고
까끌한 감촉으로 줄에서 내려오길 기다려
날아갈세라 얼른 바구니에 담아

막 드러눕는 해를 뒤로하고
바람 조각 햇빛 내음 머금은 빨래를 내려
고이 개켜 서랍 속에 넣으면
단정한 가지런함이 숨결을 고른다

흔적

강지민

한가득 소쿠리 안에 쌓이는 빨래를 뒤적뒤적
엄마는 오늘도 너의 흔적을 찾는다

아이는 하루 흔적을 가득 남기고
엄마에게는 빨래가 남는다

지워도 지워도
잘 빨리지 않는 얼룩들에
너의 다이내믹한 하루를 상상해 본다

뭘 그리도 맛있게 먹었니
오늘 하루도 즐겁게 놀았구나

그래, 오늘도 행복했구나

빨래의 노래

박은숙

볕이 쨍쨍 내리쬐는 어느 한 날
앞마당 툇마루에서
엄마 무릎에 누워 귀지를 판다
간질간질 아플세라 엄마손은 나를 아낀다

파아란 하늘이 내 마음의 스케치북이 되고
나는 소공녀 세라를 그려본다
노란 드레스를 입은 소공녀와 대화하며
사르르 잠이 들어버린다

두 두 두둑 두두둑…
굵직한 빗방울이 나의 볼을 건드린다

막내야 비 온다
빨랫줄에 늘어져라 있는 옷들을
리듬 타며 걷어내신다

빨래, 너도 그러하다

김수미

하이얀 구름처럼 한껏 들뜬 블라우스

연둣빛 바람처럼 살랑거리는 원피스

주룩주룩 소나기 만나 축 처진 청바지

뾰족한 말 한마디에 구겨져 버린 와이셔츠

김치국물 한 방울에 얼룩진 티셔츠

터덜터덜 힘겨운 양말까지

토닥토닥 오늘도 수고했어

괜찮아 다시 깨끗하게 빨면 되지

내 마음의 리셋 버튼도 꾸욱 눌러 본다

숨길 수 없는 내 마음처럼

빨래, 너도 그러하다

세탁기 멜로디

정혜명

일상의 익숙한 음악 소리

세탁기의 부지런한 소리는 음악이다

더러움을 깨끗함으로 바꾸어 주는 멜로디

가족의 수고로움을

제 몸을 깎아서 도와주는 고귀한 희생

희생의 멜로디 오늘도 가슴에 담는다

빨래방아

조혜련

오른발로 쿠웅

왼발로 쿠웅

고사리발로 콩콩

고무다라이 속 이불은

발 방아로 쿠웅콩콩 찧으며

깨끗해질 준비를 하고

맨발 방아로

깨끗하게 찧는 동안

도란도란 나누는 이야기꽃

엄마 재밌어

그래그래 우리 딸이 재밌으면 됐지

훈장

김윤아

어느새 꽉 찬 빨래통

사정없이 돌아가는 세탁기

삶의 현장에서 애쓰는 우리 가족 같다

내가 입었던 옷

추억이 아직 묻어 있는 옷

우리 가족과 희로애락을 함께한 옷

그 옷을 입은 추억들이

나의 삶을 더 풍성하게 만들어주었다

.

빨래

김미경

쌓인 빨래를 보면
갑갑하다

빨랫감 하나하나 개어 정리하며
힘겹지만 조금씩 갑갑함을 덜어낸다
천천히 하나씩 해내다 보면
갑갑함을 덜어낸 자리에 소소한 성취감이 자리한다

어느새 내 마음엔
어떤 것과도 비교할 수 없는 뿌듯함이 자리한다

겨울 빨래처럼

김편선

유달리 하늘이 쨍한 날

유달리 바람이 쌩한 날

유달리 손끝이 시린 날

겨울 빨래들은

꽁꽁 언 몸을 녹여가며 말려가며

이사를 다닌다

마루 끝에 뒹굴다가

고무 다라에 몸을 씻고

마당에서 하루쯤 조급한 마음을 털어내고

다시 마루로 올라와 언 몸 녹이며 쉬었다가

할머니 계신 사랑방 아랫목 시렁 끝에 앉아 다리쉼을 한다

삶이란 겨울 빨래처럼

녹여가며 말려가며 다리쉼 하며

그렇게 천천히 가도 괜찮은 것

거울

추세연

어제 늦은 새벽 시간까지
처리해야 일과 서툰 초고 마감하느라
오전에 기상하는데 몸은 천근만근
축축한 근심이 머릿속에서 뱅그르

뿌연 안개 속
얼룩진 거울
내 마음 같아
타월로 힘껏 문질러 본다

주름진 이마
하얗게 올라온 흰머리
애써 괜찮은 듯
입꼬리 올리며 미소지어 본다

청소, 그게 뭐라고

김수미

날이 좋아서 하지 않은 날이 없다
날이 흐려서 건너뛴 적도 없다

맑은 하늘 그대로 투영하는 유리창
맨살 닿는 감촉이 뽀송한 방바닥
꾸물꾸물 장마철마저 상쾌하던 우리 집

굽어진 등
우두둑 고장 난 어깨
툭 튀어나온 손가락 마디마디
시큰시큰한 무릎까지

이제서야
닳아빠진 엄마의 몸뚱아리에
가슴이 아려온다

먼지의 군무

리치영

평화로운 휴일 오전

거실로 들어온 한 줄기 햇빛이

귀여운 먼지 알갱이들을 비춘다

햇빛 스포트라이트를 받은 먼지들이 난무를 춘다

제멋대로 날아다니며 어울려 춤추는 먼지

잡히지 않고 마음을 어지럽힌다

에라 모르겠다

춤이 끝나거들랑 얌전히 마룻바닥에 내려와 앉아 있으렴

오늘은 청소하는 날

정혜명

오늘은 청소하는 날

창문 활짝 열고 나의 마음도 열고
팔 걷어붙이고
구석구석 찌든 찌꺼기
마음까지 청소하는 날

닦는다고 닦았는데
남편에게 아이에게 말해버린
가시가 된 잔소리가
묵은 먼지와 함께 날아간다

엄마의 청소

이지민

어린 시절의 청소는
늘 받기만 한 엄마의 사랑이었는데

어른이 된 지금은 내가
엄마의 사랑이 되어야 한다

하지만 내 그릇은 너무 작아
사랑 대신 종종 한숨 소리를 보낸다

아이 방을 청소하다가 문득
작디작은 내 그릇을 떠올린다

다용도실 청소하다 문득
그리운 엄마를 떠올리며
작디작은 내 그릇을 키워본다

친정엄마 방문기

강지민

오랜만에 딸네 집에 온 친정엄마
쓱쓱 싹싹 잠시도 앉지 않으신다

엄마에게 나는 아직도 아이
딸내미 힘들지 말라고
구석구석 엄마가 다녀간 자리는 빛이 난다

백날 해도 못 따라갈
능력자 우리 엄마, 살림의 여왕님

엄마의 사랑으로
온 집안이 새롭게 바뀌는 마법에
그 따뜻한 손길 느껴진다

도도는 깔끔쟁이

김편선

울 집 개냥이 도도는 깔끔쟁이
책상에 앉아 책을 읽고 있으면
내 발치에 와서 뒹굴뒹굴
방바닥을 닦아낸다

울 집 개냥이 도도는 애교쟁이
화장실에서 볼일 보고 있으면
민망스럽게 따라와 얼른 뒹굴뒹굴
타일을 닦아낸다

울 집 개냥이 도도는 햇살쟁이
햇살 따사로운 캣타워에 올라가 뒹굴뒹굴
햇살 스팀 청소를 한다

도도야, 미안! 엄마가 좀 더 열심히 청소할게

수고

김윤아

바쁜 하루 끝마치고 지쳐있는 그녀
마음 다잡고 청소기를 집어든다

어둠이 밀려오는 저녁
그녀의 수고로
온 집안이 밝아졌다

아이들의 이야기가 담긴 방
가족들이 함께하는 거실
그녀는 그 모든 것들을 청소하며
사랑으로 채워 주었다

삶은 추억

박은숙

빠알간 걸레통엔
삶고 삶아 너덜너덜한 흰 걸레들이 있다

은색 들통에 푹푹 삶은 걸레를 햇볕에 너시며
미소를 띄우시던 엄마

나는 그런 엄마를 닮아 있다
삶은 걸레가
삶에서 추억처럼 이야기로 움직인다

엄마 삶의 풍경이 아른거린다
당신을 아끼지 않았던 그 손길이 그립다

2부

그럼에도 빛나는 주인공

그날

박은숙

깨알 같은 활자들에 얼룩이 지고
타이핑 치던 손이 떨리던 그날

초대하지 않은 아침 해가 드리우고
정리되지 않은 구석구석을 애써 모른척해도
깊어진 한숨과 혼자만의 고뇌로
오늘이 안 오길 바라던 그날

"밥은?"이라는 물음에
또 다른 짠물이 떨어진다

그날이었다
나의 마음을 돌봐주기로
나의 꿈으로 나아가기로
나를 사랑하기로

나다움의 순간

김수미

라일락 향기 드높은 날의 저녁 산책

책 읽기 좋은 날의 여유로운 밀크티 한 잔

영혼의 울림을 주는 문장 한 구절

솔바람 부는 대청에 누워 쪽빛 하늘 바라보기

은빛 억새 물결 비추는 붉은 노을 마주하기

타닥타닥 모닥불에 속사람 이야기꽃 피우기

토닥토닥 힘나도록 온 맘 다해 안아주기

들숨 날숨 모든 순간 함께하시는 그분께 감사하기

내가 좋아하는 시간 장소 향기 그리고 사람

그러나 놓치고 누리지 못한 아쉬운 순간들

내 안의 소리에 더 귀 기울이고

진짜 나다움으로 물들이고 싶은 인생의 후반전

사랑하기 좋은 날, 더 잊히기 전에 그 순간을 누리며 호흡하고 싶다

내가 선물이 되게

정혜명

새벽, 눈을 뜨는 순간부터 선물입니다

매력적인 미소

작은 손짓, 발걸음 하나

우주를 가진 듯한 큰 기쁨이기에

흔한 추억이지 않게

나의 눈부신 그리움은

심장 속 진주를 품었습니다

긴 세월의 시간 속에서

퇴근길 나의 발걸음

지치지 않고

저녁노을이 감싸주는 온기를 안습니다

지상에 내려앉은 나의 삶

내가 선물이 되게 살고 싶습니다

미움받을 용기

강지민

남들 눈에 맞춰 사느라
나를 잃고 살았다

타인의 말에 일희일비하며
미움받게 될까 전전긍긍
지나고 나면 별일 아닌 걱정들로
나를 틀에 가두고 살았다

누가 뭐래도 나는 나다
그게 바로 나라고
마음속 깊이 외쳐본다

이제는 온전한 나를 마음껏 드러내며
미움받을 용기를 가지련다

'나'라는 사람

김미경

내 이름이 있지만
딸, 아내, 엄마라는 이름으로 불린다
그 안에서 일하고, 그 속에서 나를 찾아간다

길고 긴 하루 무거운 일에 마주해도
내 일에서 기쁨을 찾고, 보람을 느끼며
인내심과 지혜로 하루를 살아간다

나를 데리고 살기도 버거운데
딸, 아내, 엄마의 이름이 어찌 가벼울 수 있으랴

그래도 사랑하는 가족들과 함께한 모든 순간들을
희망과 사랑으로 이겨나가며 나아간다

매일 나를 이끌어주는 사랑과 지혜로
내게 오는 날의 도전을 감당하며 나답게 살아간다

꿈을 위해서라면

김윤아

작은 소망을 품고 있어요
그 꿈을 위해서라면

길을 잃어도 두렵지 않아요
어둠 속에서 빛을 찾아갈 수 있으니까

상처를 받아도 괜찮아요
아픔을 견디고 다시 일어날 수 있으니까

실패와 고난이 있어도 무너지지 않아요
나에겐 강인한 마음이 있으니까

나는 믿어요
그 꿈을 이룰 수 있으리라고

나의 푸르른 날

김편선

눈부시게 푸르른 청춘이었는데
그때의 난 회색의 푸르름이었다

설렘보다 두려움이 많아
희망보다 걱정이 많아
여기저기 멍든 푸르름이었다

눈부시게 푸르른 청춘이다
지금의 난
은빛 머릿결 푸르른 청춘이다

눈길 가는 곳마다 설레고
손길 가는 곳마다 살랑거려
여기저기 오월의 햇살 같은 푸르름이다
나의 청춘은 오늘이다

가족을 담는 그릇

이지민

내 몸 하나 꾸려 나가기도 벅찬 내가
한 사람의 아내로 한 아이의 엄마로 살게 되었다

아직 어른으로서 미숙한 존재이지만
현실에 적응하는 어른이 되었다

지금도 열심히 살아가며
작은 그릇을 큰 그릇으로 넓혀가는 중이다

안정감 있는 그릇이 되어
우리 가족 편안하게 담기기를 꿈꾼다

나는

리치영

사막을 터벅터벅 걸어가는 낙타

용맹함을 숨기고 있는 사자

아무것도 모르고 그저 즐겁기만 한 아이

그중 누구인가 난

마음은 느긋한 달팽이, 생각은 어리석은 아이

낙타처럼 순응하고 사자처럼 기회를 보고 아이처럼 유쾌하여

매일을 다르게 사는 나

바람에 거스르지 않고 산의 초록에 그대로 안기어

신비함으로 둘러싸인 자연에 감탄하며

누구보다 나답게 사는 나

이제 만난 나

이젠 함께 가자 헤어지지 말고

푸른 나무

조혜련

푸릇푸릇 새싹이 돋아나고
어여쁜 꽃도 피고
초록 잎도 갈색으로 익어가듯
성숙하게 나이 들고 싶다

잎이 지고 나뭇가지만 남아도 새둥지가 되어주고
언제나 그 자리를 묵묵히 지키는
푸르른 나무처럼 살아가고 싶다

나이테가 한 겹 한 겹 늘어가듯
나만의 속도로 천천히 나아가고 싶다

느리지만 그게 나인 걸

내가, 네가

김편선

내가 꽃이었고
내가 햇살이었고
내가 이 세상이었다
너를 안기 전에는

네가 꽃이 되고
네가 햇살이 되고
네가 이 세상이 되었다
너를 안은 후에는

가슴 벅찬 행복한 눈물을
가슴 시린 아픈 웃음을
알게 되었다
너를 내 가슴에 옮겨 심고서

그렇게 엄마가 되었다

워킹맘의 비애

강지민

매일 아침 출근길에 "빨리빨리" 재촉하며

어린 너를 뒤로 하고

바쁘게 발길 돌리던 하루하루

너와 오랜 시간 함께해 주지 못해서

네가 조금만 아파도 출근 걱정에 노심초사

너를 두고 일하는 엄마라서 미안했던

엄마의 슬픔을 너는 알까

그래서 너와 함께하는 일분일초가

더욱 소중하고 감사해

부족한 엄마지만

그 누구보다 너를 사랑해

서툰 최선의 사랑

추세연

너에게 도움이 되고 너를 잘 키울 수 있는 거라면

기꺼이 시간을 내어 최선을 다해 배우고 익혀서

너에게 모든 것을 주고 싶었어

그게 너를 위한 사랑이라고 믿었어

온전히 들어주고 바라봐 주던 꼬마둥이 때와 달리

너는 자라고 엄마는 바빠지면서

너의 이야기 들어주고 마음을 헤아려주기보다는

너를 판단하고 충고하는 잔소리하는 엄마로 살았어

너에게 부족했을 엄마의 사랑을 용서해주겠니

엄마도 엄마가 처음이다 보니 실수가 많았어 미안해

그럼에도 엄마를 이해해주고

넓고 깊은 바다처럼 커 준 네가

너무나 고맙고 사랑해

영원한 바다

이지민

많은 변수가 있는 바다에 맞설 수 있는
커다란 배를 만들었다

내 아이와 가족을 보호하기 위해
안전한 배를 만들었다

아이는 어느덧 독립을 준비하고
내 생각과는 다른 배를 선택했다

짧다면 짧고 길다면 긴 시간
불안한 마음에 아이를 걱정한다

밝은 표정으로 돌아온 아이를 보고 안심하며
인생에서 중요한 의미를 가져왔길 바란다

엄마 이름표

조혜련

아장아장 걷던 조그마한 아이
어느새 엄마보다 훌쩍 커버렸구나
내 품에 안기어 얼굴 맞대고 부비 부비
그 따스한 감정 아직도 생생해

엄마라는 이름표 달아줘서 고마워
너희가 주는 기쁨이 더 가득하구나
언제나 들어도 아련하고 설레는 이름

세상에서 제일 사랑하는 나의 아이들
너희를 통해 세상 보는 눈이 달라졌어
엄마 이름표로 더 바르게 살아가 볼게

엄마 딸이라서 고마워

김윤아

별도 달도 다 따주고 싶은 내 아기
아름다운 모든 걸 안겨주고 싶은 나의 딸

씩씩하게 스스로 잘 해내고
기특하고 장하다 생각해서
너도 엄마 손길 필요할 때라는 걸
늘 잊어서 미안해

너의 성장하는 길
함께 갈 수 있어 너무 좋아

네가 엄마 딸이라서 정말 행복해
고마워
사랑해

네가 나에게 왔을 때처럼

박은숙

네가 나에게 왔을 때
그 누구도 탐낼 수 없을 만큼이었지

반짝반짝 빛나던 너의 이마만큼
둥그런 성품으로 자랐던 너
그런 너에게도 널 닮은 딸이 거저 오는구나

이제 너도 딸의 엄마가 되는구나
훔쳐보고 싶을 만큼 따뜻한 너의 결로 인해
넉넉한 저녁으로 이어질 때
눈물 나는 세상을 아름답게 하겠구나

그런 네가 기다림을 넘어서 기도하는구나
모두에게 빛나고 어우러지는 모습이기를
내리내리 사랑하는 일만 남겨두기를

엄마는

리치영

엄마는

어떻게 했어?

엄마는 그때

어쩜 그렇게 부지런하고 에너지 넘쳐났어?

난 너무 힘든데

엄마는 어떻게 그런 힘이 났었어?

엄마는

왜 그랬어?

엄마는 그때

뭣 때문에 그렇게 많이 주고 양보만 했어?

난 받고도 싶은데

엄마는 왜 그렇게 주기만 했었어?

딸을 바라보는 엄마

김미경

작은 딸이 성장해 가는 걸 느끼며
나의 가슴은 기쁨과 서운함으로 넘쳐난다

첫 걸음 때부터 내 손을 꽉 잡던 그림자가
이젠 혼자서도 길을 잃지 않는 모습에 안도한다

햇살 같은 미소와 맑은 목소리로 나를 부르던 작은 딸
어느새 자신의 날개를 펴고 날아간다

나보다 크게 자라는 너를 보면서
내 안에서 작은 슬픔이 흘러나온다

그래도 나는 엄마로서 기뻐야 하겠지
딸이 걷기 시작한 첫 발걸음에 용기를 주고
매일 새롭게 배우며 자라나는 모습을 지켜보며
내 안의 사랑으로 충분할 테니까

나도 엄마가 처음이라서

정혜명

"엄마와 똑같네요"
"아니에요, 딸이 더 이쁘죠?"

사람 속에서 사람을 낳았다
나도 엄마가 처음이다

웃게도 하고 울게도 하고
서툰 엄마가 딸에게서 배운다

엄마가 되어도 엄마 마음 잘 모른다
나도 역시 누군가의 딸이고
나도 엄마가 처음이라서

난 네 엄마니까

김수미

할머니가 좋아하는 건 '팥죽'

아빠가 좋아하는 건 '텔레비전'

누나가 좋아하는 건 '컴퓨터'

엄마가 좋아하는 건 '나 좋아해요'

지금 봐도 재미있는 유치원생 아들의 글짓기

엄마가 자신을 좋아하는 것 하나만으로도 세상을 다 가진 아이

엄마의 사랑만으로도 자존감 높은 아이

지금은 엄마보다 엄청 크지만

지금은 엄마를 안아줘야 하지만

네가 기쁘다면

네가 행복하다면

너의 자존감 충만해진다면

엄마는 지금도 널 좋아해 그리고 사랑해

언제까지나 난 네 엄마니까

기억하지 못하지만 우리는

  김편선

일곱 살의 나는

동네 깨복쟁이 친구들 다 가는 학교를 가겠다며

일주일을 울었다 한다

국민학교 졸업한 단발머리 언니 따라

가슴에 하얀 손수건 한 장을 꽃다발인 양 매달고

입학식도 며칠이 지난 교정을 종종걸음으로 걸어간 기억만 있는데

여든일곱 살의 엄마는

일곱 살의 나보다 더 어린 아기가 되어

일요일에도 대문 밖에서 노란 봉고차를 기다린다

가는 곳이 어디인지 알지도 못하는데

주머니마다 마스크며 손수건이며 사탕이며

기억에도 없는 추억일망정 주섬주섬 담아둔 채

밥 한 솥 끓여낸 가마솥의 온기처럼 포근했던 엄마의 품

이제는 내가 울 엄마를 품어본다, 뜨겁게

거인의 어깨

박은숙

촌스러운 액자 속 엄마 사진
내 아이들의 어린 시절이 담겨있다

딸 덕에 비행기 탄다며
어린 소녀 마냥 춤추듯 다니시던 그날

아픈 다리를 끌고도
혹여 딸이 힘들까

엄마의 팔에는 내 아이들을 품고 있다
거인의 어깨 같다

나이들지 않는 딸

리치영

깡마르고 까탈스럽고

잘 울고 낯가림 심하던

어린 딸을 키우느라 엄마 아빠는 힘드셨겠다

고분고분 하라는 대로

조심조심 자기 할 일 알아서 하던

모범생 딸이 있어 엄마 아빠는 편하셨겠다

머리가 굵어지고 세상을 알게 되며

마음 가는 대로 사회 생활하고

직장 생활하며 용돈 드린 딸이 좋으셨겠다

이젠 같이 나이 들어가며

마음 의지하고 노후를 얘기하고 싶지만

아직도 엄마 아빠에게 나는 옛날의 딸이다

난 언제 나이드나……

봄을 찾아준 엄마

추세연

원하던 대학교 입시 낙방
수도꼭지가 풀린 듯 흐르던 눈물
대인기피증까지 생겨
두문불출하던 나

후회 없이 미련 없이 해본 일이라면
그 과정으로 충분했다고
인생은 길다며
너만의 찬란한 봄이 찾아온다고
여행을 다녀오라고 하셨던 엄마

진주 군항제 벚꽃 축제
단짝 정희와의 나들이
향긋한 봄 햇살 한 되
깊은 숨 들이마신 나

당신의 별

김윤아

아플 때

그녀의 눈빛은 무한한 사랑을 가득 담고 변함이 없었다

어둠 속에서

그녀의 손길은 따스함을 전해주었다

지칠 때

그녀의 품은 언제나 안전한 곳이었다

힘들 때

그녀의 응원은 나를 다시 일으켜 세워주었다

실패할 때

그녀의 지혜로운 조언은 언제나 나를 위한 이정표였다

나의 흐트러진 모습도 조건 없이 감싸주는 내 사랑

세상에 오직 엄마뿐이다

이젠 내 차례

당신의 별이 될래요

살만한 가치

김수미

자라나면서 이미 기쁨을 다 주는 아이
눈에 넣어도 아프지 않은 딸
나도 울 엄마에게 그런 딸이었을까

엄마 딸, 엄마 딸
3대가 모여 사는 우리 집
나보다 살뜰히 할머니 챙기는 고마운 딸

엄마는 나 몰래 이쁜 손녀딸 용돈을 주신다
"엄마~~~ 저는요? 나도 주뗴용~~~"
어린 딸로 부려보는 나의 애교에
함박웃음을 지으며 너른 품으로 안아주시는 우리 엄마
"그럼 우리 딸한테는 뭐든 다 주고 싶지"

엄마 딸로 태어난 것만으로도
이 세상은 충분히 살만한 가치가 있다

영원한 나의 햇살

김미경

당신의 따뜻한 품 안에서

나는 행복한 딸이 되어요

당신은 나의 햇살이에요

구름에 가려도 햇살은 늘 그 자리이듯

당신은 항상 그 자리에서 묵묵히

꿈을 향한 내 발걸음 뚜벅뚜벅 멈추지 않네요

어떤 바람에도 뚜벅뚜벅 두려움조차 뚫고 걷네요

나의 햇살 울 엄마

나의 하늘 울 엄마

오늘도 파아란 하늘빛으로 빛나서서 감사해요

사춘기의 파도를 지나고

이지민

편안하고 안전한 내 공간도 좋지만
왠지 커갈수록 불편함을 느낀다

혼자 있고 싶은 생각이 간절하다

처음이라 두렵고 어색하지만
설레는 마음으로 나의 배에 올라탄다

파도를 만나 당황했지만
엄마에게 배운 기억을 꺼내본다

집으로 돌아가 엄마의 밝은 미소를 보니
오늘의 경험이 소중함을 느껴본다

잔소리

강지민

어린 시절부터 지금까지
시시콜콜 듣기 싫었던
엄마 잔소리

다 나 잘 되라고 하는 말인데
왜 나는 그렇게 싫었을까

나도 엄마가 되어
똑같이 하고 있는 걸 보니
나도 영락없는 엄마 딸

이제 보니 덕분에
내가 이렇게 잘 자랐구나

재회

조혜련

내 나이 열 살

동생 나이 여섯 살

그즈음 헤어진 엄마

아련한 기억만 가득한 엄마

스무 살 넘어 다시 만난 엄마는

혼자서 무던히도 애쓰며 살아 내셨다

커서 듣는 엄마의 이야기에

눈물 한 바가지

그래야 살았겠구나

엄마 맘 다 이해해

그 힘든 세월 어떻게 견뎠을지

고마워 우리 포기하지 않고 지켜줘서

내가 더 많이 사랑해 줄게

가시투성이

조혜련

어린 시절 부모님의 이혼과 혹독한 사회생활
내가 나를 지켜내야 했던 고슴도치 시절

병문안 갔던 나에게 눈을 떼지 못하고
성실하고 착한 평상시 모습을 눈에 담아
결혼까지 해낸 남편

고슴도치를 끌어안고 사느라
본인이 가시에 찔려버려 피투성이여도
언제나 내가 먼저인
늘 그 자리에서 나를 아껴주는 남편

19년 세월 내 가시에 찔려 상처투성이인 당신
이제부터는 내가 당신의 가시를 뽑아줄게
고맙고 사랑해

동행

강지민

십수 년 전 하얀 드레스 입고
당신과 평생 함께하기로 약속한 그날

신혼의 달콤함 속에 행복했던
눈이 소복이 쌓인 그 어느 날
당신과 함께 걸었던
눈 덮인 그 길에 새겨진 선명한 발자국

앞으로도 함께 할 수많은 날도
기쁠 때나 슬플 때나 함께 하기를

오랜 세월 뒤 우리의 뒷모습도
그때 그 발걸음과 같기를

함께 손잡고 걸어가는 그 걸음걸음마다
당신 아내여서 행복했다 속삭이고 싶다

아내의 생각

박은숙

한바탕 소란이 지나갔음에도 아궁이를 지피며
따뜻한 김치찌개를 우려내던 안에 갇힌 아내

돌보지 못한 아들에 대한 그리움이었을까
연기에 갇힌 작은 흐느낌만 철렁댄다

꾹꾹 누른 도시락 안에도
그리움 쏟아부은 몸부림이었나
아내보다 엄마로 살아 움직인다

할퀴듯 지나가는 썩은 비바람에도
안에 갇힌 아내는 대꾸조차 없다

아마도 하얀 홑겹이 덮이는 날
아내는 한숨을 돌렸으려나

아내의 진화

리치영

앞치마 두른 야리야리한 여자의 이름

아내가 되었던 날을 기억한다

또 하나의 예쁜 나를 얻었다

아기를 안은 팔 힘이 세진 여자의 이름

새댁이라 불리던 적도 있었다

귀에 즐거웠던 시한부 이름이다

내 아이가 한두 마디씩 입 떼며 불렀던 나의 이름

엄마라는 하늘 같은 이름이 생겼다

늘 불리는 이 이름이 마냥 벼슬 같다

그 새색시는 오늘 야리야리한 여자도 수줍은 새댁도 아니다

진화하여 새로워진 세련된 아내다

내 안에 있는 아내의 굴레 밖에서

인형의 집에서 막 나온 노라의 자유를 조금씩 나눠 가진다

안애, 아내

김수미

그의 안에 가장 사랑하는 사람으로 불리는 이름, 아내

온 세상이 아름다워 보이는 마법을 선물한 아내

그는 온 우주를 품었네

아내, 그녀는 술 못하는 술 친구

김편선

담배 연기 자욱한 호프집이었던가

켜켜 묵은 어둠이 걷히기 시작하는 편의점 파라솔 아래였던가

그는 평생 술 친구를 해달라 했다

나는 수줍게 고개를 끄덕였던가 그냥 빙그레 웃었던가

한 잔 술에도 붉은 꽃이 되는 난

그렇게 그의 술 친구가 되었다

몇 년이 흘러 술 못 마시는 나에게 그는

자신이 그렇게 좋았냐며 놀리곤 했다

그 말에 난 한 잔 술도 안 마시고 붉은 꽃이 되었다

또 몇 년이 흘러 술 친구는 무슨

술도 남편도 다용도실 한구석에 쓰윽 밀어두고 싶지만

그래도 여전히 난 당신의 술 친구, 당신의 안해

아내의 시간

정혜명

27년의 시간, 사계절을 함께 보낸 27년

아내라고 불렸던 세월

가족이라는 과수원에서

나무를 자라게 하고

꽃을 피우고 열매를 맺고

푸르게 하고 패이게 하고

깎이게 하고

이제 남아 있는 시간 아내라고 불릴 세월

내 남은 나무 몸뚱이에서

아내로 불릴 남아 있는 세월만큼

가족이라는 인연의 시간으로 충분하다

당신이라서

추세연

누렇게 바랜 와이셔츠만큼

우리의 젊음도 닳아 바랬지만

녹록하지 않는 월급쟁이 생활 잘 버텨주고

든든한 울타리가 되어주는 당신이 감사해서

기숙사에서 주말에 돌아오는 딸들에게

맛있는 집밥을 해주는 딸 바보 당신이 고마워서

빠듯한 일정 속에서 벗어나

낚시를 즐기며 소주 한 잔 나누는 친구가 되어줘서

함께 한 세월만큼 깊어진 믿음

맞잡은 손 당신이라 행복합니다

징검다리

추세연

책을 건성으로 읽는 아이
학습만화와 영상에 빠져 줄글을 잘못 읽는 아이
교과서를 읽어도 이해를 못 하는 아이
책은 좋아하는데 독서록 숙제가 힘겨운 아이

내 품에 온 아이들에게 책을 제대로 씹어 먹게 하고
아이들 생각의 물꼬를 틔워
서로 눈 맞추며 책 이야기 말과 글로 나눌 때면
너무 좋아서 설레고 행복하다

아이들이 넓은 세상과 만날 수 있도록
징검다리 되어 책 속으로 안내하면
디지털 바람에 흔들리는 새싹이던 아이들
은은한 향기 내뿜으며 환한 꽃으로 웃는다

후비고 인생

박은숙

내 나이 삼십에는

그때 할 걸 후회하고

내 나이 사십에는

옆집 언니랑 비교하고

내 나이 오십에는

어떤 할머니가 될까 고민하고

그런 게 사람일까

부족한 존재로 살았다고 생각했지만

하나의 풍경을 오래 바라볼 줄 아는 사람으로

이야기를 기다리는 사람으로

마침내

여백 있는 하루를 살아간다

꽃 피는 봄날

강지민

꽁꽁 얼어 있는 들판에서

홀로 싹조차 틔우지 못해 슬피 울던 씨앗처럼

춥고 외로웠던 지난 시간

봄이 오면

그 차갑던 얼음도 녹고

따사한 햇살에 푸르른 싹을 틔워

그 어떤 꽃보다 아름답게 필지니

지금 당장 꽃 피지 못했다 하여 실망하지 말아라

꽃 피는 봄날이 오면

견뎌온 시간만큼 더 아름답게 꽃 필지니

아직 봄이 오지 않았다 하여 슬퍼하지 말아라

이제는 다 보이는데

김편선

모르는 것 투성이인데
모르는 것 투성이인 나를 감추려
도치마냥 늘 가시를 세웠다

똑단발에 정장 차림을 하고
10cm 하이힐로 자존심을 세우고
몰라도 아는 척, 아는 것도 아는 척

내 안의 어린아이
내 안의 어린아이를 키우고 나니
이제는 다 보이는데

그 안에 어린아이 품은 사람들
이제는 그들의 어린아이도 다 보여서
그저 저녁 노을처럼 웃어준다
알아도 모르는 척

또 다른 내 모습

이지민

스무 살에 세상으로 나가
멋진 어른이 되고 싶은 어른 아이는
그래도 성실함은 믿을만하다고 생각했다

힘들어도 묵묵히 힘들지 않은 척
어느새 그 일은 내 차지가 되어버린다

내가 하지 않아도 아무 일도 일어나지 않는다
그 사실을 너무 늦게 알아버렸다

그때마다

김윤아

살아온 인생 수많은 순간

그때마다 최선을 다해야만 했었지

가끔은 어렵고 힘들기도 하지만

그때마다 나는 더욱 강해지고 싶어 애를 썼지

예측할 수 없는 일들이 벌어지면

그때마다 나는 더욱 성장할 수 있었지

가끔 아름다운 순간들이 펼쳐지면

그때마다 나는 더욱 행복했었지

신입시절

조혜련

사회초년생 시절

석 달 열흘을 쉬지 않고 별을 보며 출퇴근하며

무던히도 성실했다

누가 뭐라 하든 오롯이 정석으로 일을 대했던

타협을 몰랐던 나

견뎌내야 했기에

다른 선택이 없었기에

마냥 견디고 버텼다

지나고 보니

힘들었지만 행복했던 시절

열정을 쏟을 만큼 내가 그 일을

좋아했었나 보다

지금은 변신 중

리치영

삶의 전장에서 쓸 무기를 변경할 시간입니다

선비같이 절제하는 아날로그는

생각할 겨를 없이 잽싼 디지털을 쫓기 시작합니다

칼로 날카롭게 깎은 연필 내려놓고

한 손가락으로 딸깍 거리는 마우스로 아날로그를 지워냅니다

내 곡선의 감성은 어디 가고 반듯한 직선이 된 나의 하트

머릿속에 마음속에 손끝에 닿는 모조리 직선의 것들

열등감이 없어 좌절하지 않는 아날로그가

둥글게 살려고 깎아낸 모서리에 다시 각을 잡습니다

오래 다듬은 포물선에 불편한 직선이 생깁니다

눈 감고도 그리는 아날로그 곡선을 아무도 알아채지 못하고

눈 감고 그린 듯한 각진 선은 심혈을 기울여 그어 댑니다

반듯하게 그리다 갑자기 지겨워지면 아무 생각 없이 유턴을 합니다

종종걸음 쫓아가도 달아나기만 하는 디지털 덩어리를

아날로그 조각이 달래어 부릅니다

사람 속의 나

정혜명

사람 속의 나

혼자 빨리 가려고 했다

종착역이 어딘지도 모르는 그 길을

가다 넘어지고

생채기 나서 상처 아무는 긴 시간을 가졌고

또 빨리 가려고 재촉했다

함께 하는 것이 더 빨리 간다는 것도 모르고

길 가다가

상처가 깊어야 알 수 있었던 나

사람 속의 나

입을 다물고

귀를 열자

3부

다시 성장의 막이 열리다

꽝 친 날

추세연

머리가 복잡하고
마음이 무거울 때면
릴에 무지갯빛 낚싯줄을 감는다

짜릿한 손맛
시원한 소주
싱싱한 횟감에 미소를 짓는다

낚시터 어장 속
푸른 하늘 뭉게구름을 낚고
붉은 저녁노을을 낚고
휘영청 환한 둥근달을 낚는다

한 마리도 못 잡은 빈손의 아쉬움
공기처럼 가벼워진 머리
햇살처럼 맑아진 마음으로 달랜다

마음의 병

조혜련

건강검진 내시경 후 비몽사몽 한 나에게
소견서를 써주겠다고 상급병원 진료를 권하던 날

믿기지 않아
한없이 가라앉아 동굴 속으로 들어가 버리려 했던 나날들

마음의 병이 제일 큰 병이란 걸 그때 깨달았다
생각을 고쳐먹고 보니 잘 될 것만 같았던 시간들

힘든 수술도 극복과정도 쉽지 않았지만
나를 사랑하는 이들이 있기에
살아갈 미래가 있기에

오늘도 하루를 충실히 살아간다

너의 시그널

김수미

하루아침에 세상이 멈춰버렸다
옅은 미소, 눈 깜박임조차도
이제 더 이상 몸이 말을 듣지 않는다

버티고 버텨온 날들
그저 열심히 살아온 거밖에 없는데
모래알처럼 서걱거리고 벌게진 눈
손끝만 닿아도 아팠던 머리
오돌토돌 붉고 가려운 두드러기
피곤하지만 잠 못 이루던 수많은 새벽녘

너는 나에게 매일 신호를 보냈는데
너는 나에게 매일 아우성을 쳤는데
쉼을 주지 못해 미안해
네게 이로운 것들로 채워주지 못해 미안해

나보다 나를 더 잘 아는 정직한 너

나보다 나를 더 아끼기에 보내는 너의 시그널

이제 놓치지 않을게

저녁밥

리치영

파란 하늘이 자줏빛 지붕으로 덮일 때면

밥 짓는 냄새 집집마다 흘러나와

고무줄 뛰던 아이들 사방치기하던 아이들

하나둘씩 홀린 듯

놀던 재미 바닥에 던져두고 거미줄 뿜듯 각자 집으로 달려간다

서영이네는 매운탕, 동창이네는 김치찌개

동네는 맛집 천지가 되고

집집마다 엄마 솜씨가 새어 나온다

종일 뛰어논 아이들이

골라내던 당근도 제쳐놓던 양파도 꿀꺽 삼키는 저녁이다

그 아이들은 그렇게 오늘의 건강을 누린다

낡은 자전거

김편선

시골집 청소하다
창고 구석에서 낡은 자전거 한 대
꺼내어본다

먼지 털어내고
걸레로 쓰윽 한번 닦아내니
그래도 자전거다

삐거덕삐거덕
몇 바퀴 굴러가다 뒷바퀴가 나뒹군다
나 사실 힘겹게 붙잡고 있었다고
인제 그만 쉴 거라고

뒷바퀴의 비명을 듣기 전이어야 했다
그때 잠깐 손길이 머물러야 했다
약간의 기름칠을 해주어야 했다

아침에 눈뜨는 것이 행복이다

정혜명

내 얼굴

열 개의 손가락

열 개의 발가락

머리카락 한 줌이 있다

아침에 눈뜨는 것이 행복이다

행복은 강도가 아니고 빈도라고

파랑새를 찾아 나선

고단했던 삶의 여행길이었다

여행길에서 찾은 파랑새 한 마리가

내 가슴속에 앉아 있다

다리야 고맙다

손가락아 고맙다

눈뜨는 것이 행복임을 오늘 아침 충분하다

엄마의 건강

김미경

바쁜 일상에 힘들게 뛰어
가족을 위해 웃으며 달려

하루 종일 부족한 시간
건강은 소홀히 하기 마련이네

가끔 후회가 찾아와
왜 나를 소중히 못하는지 생각해

사랑하는 가족들과 행복하고 싶은데
건강도 지키지 못하면 어떡하지
이제는 나의 건강을 생각하며 달릴래

가족과 함께 하는 인생에서
건강한 모습으로 남고 싶어 후회 없이

미안한 주인

박은숙

어른들이 그랬다
살만하니까 아프구나

앞만 보고 달렸다는 식상한 이야기
방치했던 나의 장기들이
돌봐달라 울부짖는구나

소통 없는 주인을 위해
일해온, 애쓴 너희들
미안했다
이제 내가 너희들에게 갈게

아픔

김윤아

아픔은 나에게 상처를 남기지만
아픔은 나에게 가끔은 필요한 시련

아픔은 내 삶에 대한 감사와 인내

아픔을 이겨내는 것은
자신감과 용기
강인함과 인내

아픔의 극복이
나의 성숙

나에게 보내는 초대장

박은숙

방 한켠을 공간삼아

외로워도 꿈을 만들어 간다

엉킴을 뒤로 하고

내면으로 향하는 길로 떠난다

숨죽인 순간부터

이해를 넘어서는 지금까지

더 이상 애쓰지 않는 평안으로

양껏 세상과 이야기를 하고 있다

마음의 굳은살도 촉촉해진 이쯤

나에게 보내는 초대장이 한없이 풍요롭다

낯선 연결의 힘

추세연

거대한 디지털 쓰나미가 다가오는 웹3.0 세상
개화 물결 속에 쇄국정책으로 뒤쳐진 조선 후기 정세를 거울삼아
막는다고 피한다고 되는 세상이 아니라는 것을 알기에
디지털트랜스포머가 되고자 노력했던 시간

514챌린지 새벽기상으로 온라인에서 만나
나의 두 번째 스무 살 꿈을 꾸며
MKYU 김미경학장님 강의를 듣고
자기 계발 공부에 진심인 모닝쩍쩍이들

스스로 플랫폼이 되는 세상
온택트로 연결된 나의 인생벗
서로 손잡고 응원하며 함께 성장한다
어제보다 나은 오늘의 나를 위해

다시 설레이다

조혜련

아픔 때문에 걷기 시작한 산책길

매일 아침저녁으로 새로운 세상이 펼쳐진다

사계마다 옷을 갈아입는 나무들도

시냇가에 노니는 물고기와 새들도

새벽 물안개와 저녁노을도

걷고 또 걸었다

비가 와도 눈이 와도 하천이 범람해도

치유와 고통과 새로움으로 다가온

언제나 그 자리에 있는 대자연 앞에서

한없이 작은 점하나 뿐인 나

나와 대화하는 그 시간이 나를 일으킨다

붉은 노을

리치영

오늘의 가장 늦은 햇빛이

광택 나는 발그레한 볼을 얼굴 가득 채운다

해넘이 즈음엔 어떤 지성도 아무런 인성도 소용없이 흩어지게 마련

이미 알던 것은 취한 듯 어른거리고

널리 선한 맘은 비틀거리듯 좁아진다

넘어가는 놀의 붉은빛 한 잔을 들이켠다

금세 올라온 초승달 한 조각 입가심 삼아 삼키며

지나버린 시간으로 배곯는 내 마음 촘촘하게 채운다

빈방이었던 내 마음 심방과 심실이 부풀어 오르며

붉은 노을을 마신 나는 시큼한 와인에 취한다

모든 지식의 밀도가 성글어지고 모든 지성의 강도가 물러지면

진정한 앎과 커다란 맘은 어디로 증발해 버리나

핑크빛 놀 지고 별빛 켜진 밤

마지막 풀벌레의 연주와 풀 내음의 몸짓으로 알게 된다

결국은 더 큰 달빛이 켜진다는 것을

깊고 짙은 빛으로 밝혀지는 피날레는 아직 오지 않았다는 것을

내가 사는 동네

김편선

"어느 동네 사세요?"

그 말에 잠시 주춤하게 된다
사는 동네가 어쩜 나인가 싶어서
누가 뭐라 하지도 않는데
나 혼자서 생각 속으로 빠져들곤 한다

가방끈의 길이가
입은 옷의 브랜드가
타고 다니는 차의 크기가
내가 아닌데 내가 될 때가 있다

책꽂이에 꽂힌 책도 내가 아니다
내가 읽은 한 줄만이 내가 된다
내가 사는 동네가 내가 아니다
내가 사는 동네의 풍경이 내가 된다

목소리 큰 사람

김편선

라이트 불빛이 마주하는 좁다란 골목길
큰소리와 작은 소리가 마주한다

진리인 듯 진실인 양 속삭이는 말
목소리 큰 사람이 이긴다고 쑤석대는 말
그 말을 믿었으리라, 당신은

돌아와 생각하니
큰 소리 친 당신 마음 내내 불편했으리라
당신 옆자리 아내 마음은 내내 불안했으리라
고개 숙인 내 마음은 이리 편한데

목소리 큰 사람이 이긴다 겉보기에는
그 속은 부글부글 들끓을지라도
목소리 작은 사람이 진다 겉보기에는
그 속은 시원한 바람 한 줄기 불어오리라

현재 진행형

박은숙

엄마의 세계관이 나에게 연결되고

나의 긍정관이 딸에게 연결되어

삼각형의 고리로 삶을 바라본다

말과 말 사이에 생긴 틈도

청승맞은 감수성도

일상의 평범한 언어도

내 삶의 좋은 어른이다

기억의 얼룩을 부드럽게 바라보고

나를 촘촘히 바라보니

깊어진 나의 모습들은

아직도 현재 진행형이다

꽃은 항상 옳았다

정혜명

꽃은 항상 옳았다
꽃을 바라보는
내 마음만 다르지
꽃은 항상 웃어주었다

꽃을 보는 내 마음만
울고 웃고 있었다
꽃은 항상 거기 있었다

꽃을 보는 내 마음만
오고 싶을 때만 오고
무심하게 지나쳐 가곤 했지
차갑게 지나가기도 했다

어디 간 줄도
어느 곳에 있는 줄도 모르는
나만의 동굴 세상
가짜 마음

어느 날
꽃이 불렀지

건네준 꽃잎 한 장 손에 꼬옥 쥐고
용기 내어 나온 세상
꽃이 환하게 있었다
꽃은 사랑이었다

가면 놀이

리치영

몇 개나 있나 내가 쓸 가면

친구들 앞에선 편하고 오래된 바보 가면

낯선 사람들 앞에선 잘난 척하는 콧대 높은 여자 가면

가족들이랑 있을 땐 딸 가면, 엄마 가면, 주부 가면 바꿔쓰기 바빠

혼자 있을 땐 티셔츠 한 장 입고 민낯으로 멍하다

모두가 가면 뒤에 숨긴 참을 수 없는 가벼운 유치함

가면을 벗고 생선회처럼 날것으로 살까

가면을 바꿔 쓰고 카멜레온처럼 조심히 다닐까

못된 영혼들이 착한 가면을 쓰고 다니면 어떻게 알아챌까

모두에게 투명 가면이 있어야 하나

아니, 가면을 뚫어볼 안경이 필요하겠구나

가면 쓰고 앞에 서면 이 사람, 가면 벗고 돌아서면 다른 사람

뒷모습도 옆모습도 다 볼 수 있는 지혜의 거울방을 갖춰야겠구나

스물

강지민

내가 만일 스물로 돌아간다면

사소한 일에 일희일비하지 않으리라

걱정하느라 시간을 낭비하지 않으리라

타인의 말보다 내 마음의 소리를 더 귀담아들으리라

나의 부족함에 주눅 들기보다 당당하게 살리라

나를 낮추려고 애쓰기보다 덜 겸손해지리라

미움받는 걸 두려워하기보다 혼자여도 즐거운 내가 되리라

그 누구보다 나를 더 사랑하고 아끼리라

마음의 길

추세연

내 생각과 비슷한 점이 많아

끌렸던 너

서로를 응원하며 밝은 미소를 나누던 우리

학창시절 단짝 친구들만 알고 있던

네 깊은 속내

모두 꺼내 놓고 눈물 흘렸던 그날

잘 버텨온 너를 안아주고 싶었어

내 마음과 네 마음에 난 길

그 길을 내가 자주 갈게

이야기 나누어줘서 고마워

존재 자체가 빛이 나는 너

이제 아름다운 꽃길 걸으며

열정적인 네 삶의 노래를 불러줘

에필로그

추세연

평범한 주부의 삶을 그리며, 티 안 나는 주부 일상을 담은 첫 공저 시집의 출간은 설레고 기쁘지만 민망한 부끄러움으로 귀밑이 빨개진다.

아내, 엄마, 며느리, 딸로서 역할을 동시에 수행하는 주부의 삶을 서로 노래하며 울고 웃으면서 주부 인생을 되돌아보는 귀한 시간을 가졌다. 가정의 소중함과 가치를 되새기게 되어 감사하다. 모든 주부의 노고를 위로하고 꿈을 응원한다.

관심 어린 마음으로 응원해 주신 독자님들, 소중한 삶을 드러내고 끝까지 쓰는 용기를 가지고 함께 한 향기 작가님들, 주부 일상을 기획해서 시간과 마음을 나눠주신 이루미 대표님 외 응답하라 공저 팀, 세상 밖으로 시집이 나올 수 있게 도움 주신 도서출판 청어 대표님과 관계자분들께 깊은 감사를 전한다.

향기로운 일상의 초대

삶의 향기 11인 지음

발행처   도서출판 청어
발행인   이영철
영업   이동호
홍보   천성래
기획   남기환
편집   방세화
디자인   이수빈 | 김영은
제작이사 공병한
인쇄   두리터

등록   1999년 5월 3일
         (제321-3210000251001999000063호)

1판 1쇄 발행 2023년 11월 20일

주소   서울특별시 서초구 남부순환로 364길 8-15 동일빌딩 2층
대표전화 02-586-0477
팩시밀리 0303-0942-0478
홈페이지 www.chungeobook.com
E-mail   ppi20@hanmail.net

ISBN   979-11-6855-205-0 (03810)